CATALOGUE

—

OBJETS D'ART

ANCIENS ET MODERNES

Meubles de toutes époques
Sièges divers, Tentures, Tapis d'appartement, Tapisseries
anciennes Étoffes
Bronzes d'art et d'ameublement

TABLEAUX ANCIENS ET MODERNES

PIANO DE S. MERCIER

**Objets de vitrine, Bijoux, Médailles et Jetons
commémoratifs**

MARBRES ET GAINES

DONT LA VENTE AURA LIEU

HOTEL DROUOT, SALLE N° 3

Le Jeudi 23 Décembre 1886

A DEUX HEURES

Mᵉ LHUILLIER	M. E. GANDOUIN
COMMISSᵣₑ-PRISEUR	EXPERT
rue Le Peletier, n° 29	rue Le Peletier, n° 42

CHEZ LESQUELS SE TROUVE LE CATALOGUE.

EXPOSITION PUBLIQUE

Le Mercredi 22 Décembre, de 1 heure 1/2 à 5 heures 1/2.

—

PARIS — 1886

CONDITIONS DE LA VENTE

———

Elle sera faite au comptant.

Les Acquéreurs paieront, en sus des adjudications, CINQ CENTIMES PAR FRANC, applicables aux frais.

DÉSIGNATION

1 — Statuette en bois sculpté : le Bon Pasteur
(xvᵉ siècle).

2 — Plaque en cuivre du xvᵉ siècle, sujet de
boucherie.

3 — Bronze du xiiiᵉ siècle.

4 — Autre Bronze du xiiiᵉ siècle.

5 — Autre Bronze, même époque.

6 — Huilier en porcelaine du Japon.

7 — Petit Bronze ancien, manche de couteau et
deux petits byzantins.

8 — Petit Os sculpté : Vierge et Christ (xvᵉ siècle.

9 — Coffret Empire.

10 — Cache-Pot en porcelaine du Danemarck.

11 — Calice en porcelaine du Japon.

12 — Deux Vases en porcelaine de Chine et une Chèvre.

13 — Canon-Pistolet damasquiné or.

14 — Petit Bronze hexagone,

15 — Petit Buste en bois, époque Louis XIV,

16 — Cachet de l'Administration des Cultes.

17 — Statuette : Page en bois sculpté.

18 — Une Corbeille en porcelaine, une Bonbonnière en porcelaine, Cendrier et Tasses.

19 — Vase noir avec personnage,

20 — Une Gargoulette en cuir, (xvi° siècle.)

21 — Quatre Peintures : les Évangélistes,

22 — Un Panneau en bois sculpté : Sujet religieux.

23 — Trois Toiles : Enfant Jésus et Anges, Personnage époque Louis XIV,

24 — Trois Gravures : la Pharmacie, les Sens et Instrumentistes, et Dessins et autres,

25 — Cent cinquante Bâtons d'Encre de Chine.

25 — Deux Miniatures : Homme et Femme, l'une signée Despierres,

27 — Miniature : Personnage autrichien.

28 — Boîte en ivoire avec miniature : Portrait de femme.

29 — Deux Gravures encadrées : Mariage de Louis XIV.

30 — Deux Portraits émaillés, époque barbare.

31 — Deux Flambeaux émaillés

32 — Basson et Clarinette.

33 — Petite Chapelle en bois sculpté, xvie siècle.

34 — Quatre Plaques en bronze : Sujets religieux.

35 — Briquet en fer, époque Louis XIV.

36 — Deux Plaques émaillées : Empereurs romains.

37 — Colonnades corinthiennes surmontées d'uue couronne.

38 — Une Table.

39 — Douze sujets, d'après l'antique, pâte de verre.

40 — Une Lampe à main, Louis XVI.

41 — Petite Lampe à deux becs, Louis XV.

42 — Statuette : (Homme), costume épiscopal.

43 — Garde de couteau, du xve siècle.

44 — Manche de petit poignard : Reine avec sceptre.

45 — Trois Cannes en écaille, argent et Canne à épée.

46 — Sainte Femme. Buis sculpté.

47 — Petit Coffret incrusté d'ivoire.

48 — Miniature : Femme.

49 — Autre Miniature : Femme.

50 — Autre Miniature : Femme.

51 — Portrait d'homme en miniature.

52 — Miniature : Vénus désarmant l'Amour.

53-56 — Miniatures: Femmes, époque Louis XV.

57 — Miniature : Portrait d'homme.

58 — Miniature : Jeune Femme entourée d'Amours.

59 — Boîte à musique, douze airs.

60 — Deux Peintures flamandes sur cuivre : Christ et Vierge.

61 — Un Aimant naturel, Boussole avec cadran solaire.

62 — Deux Miniatures : Femmes nues. Cadre en peluche.

63 — Coffret italien en stuc, (xvie siècle).

64 — Narghilé persan, avec émaux, ornements en argent repoussé sur fond émail bleu lapis.

65 — Miniature : Portrait de femme, Empire.

66 — Miniature rectangulaire : Jeune Mère et son enfant.

67 — Bonbonnière en ivoire : l'Amour discret.

68 — Un Émail, genre Boilly : la Comparaison.

69-71 — Miniature : Femme. Cadre Louis XVI.

72 — Petite Bonbonnière avec portrait d'homme.

73 — Miniature : Portrait d'homme.

74 — Trois Têtes de mort en ivoire.

75 — Cuillère, Fourchette et Coûteau en argent doré.

76 — Un petit Bronze argenté.

77 — Trois petites Coupes en agate et pierre de lard.

78 — Six Boîtes en ivoire, argent, laque et ébène.

79 — Miniature à l'huile : Portrait d'homme.

80 — Six Volumes.

81 — Un Bridon, Mors et Accessoires, ayant appartenu à la famille d'Orléans.

82 — Deux Vitraux.

83 — Portrait de Saint-Just.

84 — Tableau flamand : Tabagie. Signé Carré, élève de Mignard.

85 — Tableau hollandais : Intérieur, Femme et trois Enfants.

86 — Une Bague en or, ornée de trois brillants.

87 — Un Buste en bronze patine multicolore, à rehauts d'or. Signé C. Cordier.

88 — Plaquette en bronze, époque Louis XIII.

89 — Six Médailles.

90 — Bonbonnière en ivoire, avec portrait de jeune Jardinière.

91 — Dix-huit Volumes : Lettres de Voltaire.

92 — Tableau.

93 — Une grande Gravure aqua-tinte, encadrée.

94 — Une Toilette avec glace, tiroirs en bois de fer, avec incrustations.

95 — Un Fusain : Paysage sous bois, par Reibal.

96 — Une Boussole dans sa boîte en acajou.

97 — Une Boite en ivoire, dessus en lave (Tête d'homme).

98 — Quatre Médaillons en bronze : Portraits de Newton et autres.

99 — Un Tableau.

100 — Petite Croix-Bénitier en bronze doré, avec pierre en malachite.

101 — Un Tableau.

102-105 — Quatre autres Tableaux.

106 — Émail sur cuivre : Bergère et Seigneur.

107-111 — Cinq Éventails.

112 — Une Aquarelle (Bébé et Grand-Papa) et une Peinture sur cuivre (Sainte en prières).

113 — Deux Coupes en porcelaine de Chine.

114 — Un lot de Porcelaines.

115 — Trente-cinq Volumes : Encyclopédie de Diderot.

116 — Trois Tableaux.

117 — Chevalet, Pelle, Pincettes, Gravures et autres Objets, sans description.

118 — Un Volume, reliure maroquin : les Métamorphoses d'Ovide.

119 — Légumier en faïence avec légumineuse.

120 — Deux Groupes en porcelaine de Saxe.

121 — Quatre Statuettes en porcelaine de Saxe.

122 — Un Pichet en Rouen.

123 — Deux Vases en faïence de Nevers.

124 — Deux Cache-Pots en porcelaine de l'Inde,
avec armoiries.

125 — Un Huilier en faïence de Marseille.

126 — Une très belle Soupière rocaille, en faïence
de Marseille.

127 — Deux Potiches en faïence de Delft.

128 — Deux Plats en faïence, armoiries.

129 — Quatre Tableaux, décors de nombreux personnages, d'après Téniers.

130 — Deux Figures en biscuit.

131 — Une Voiture en porcelaine.

132 — Deux Carrosses.

133 — Cinq Pots en faïence.

134 — Un Service en faïence jaune, trois pièces.

135 — Une Tasse.

136 — Deux Cuillères en étain.

137 — Une Chaufferette en bois sculpté.

138 — Une Boîte en bois sculpté.

139 — Une Lampe juive en cuivre.

140 — Deux Pichets en étain.

141 — Deux Flambeaux en étain.

142 — Un Bras en cuivre.

143 — Deux Haches.

144 — Cinq Armes.

145 — Une Boîte, épicerie, en étain.

146 — Trois Vases en étain.

147 — Deux Vases en étain.

148 — Jardinière en argent.

149 — Bibliothèque Louis XVI, en acajou.

150 — Petite Table à ouvrage.

151 — Trois Tapis de la Karamanie.

152 — Trois Chasubles en soie brochée.

153 — Tapis de table en tapisserie Louis XIII, réappliqué sur drap noir.

154 — Cinq grands Tapis en moquette.

155 — Très beau Piano à cordes obliques, en bois de rose et palissandre, de Sébastien Mercier.

156 — Meuble à deux corps, Louis XIII.

157 — Petite Étagère, style Louis XVI, en bois sculpté.

158 — Violon.

159 — Deux Mandolines.

160 — Benjose.

161 — Paire de Pelles et Pincettes en fer forgé.

152 — Bahut en bois sculpté.

163 — Deux Consoles d'encoignure en bois sculpté et doré.

164 — Petit Bahut en bois sculpté Renaissance.

165 — Torchère plaquée en porcelaine.

166 — Horloge à cage marquetée, ép. Louis XVI.

167 — Bureau, style Louis XIII, en chêne sculpté

168 — Lot de Costumes de théâtre.

169 — Table à jeu en acajou.

170 — Table Louis XV en bois de rose.

171 — Costumier de Normandie et de Provence, Grand in-8 en six volumes.

172 — Treize Volumes en hébreu (Prières).

173 — Escabeau à musique en bois sculpté.

174 — Deux Gravures anglaises.

175 — Console-Applique en bois sculpté Louis XV.

176 — Les Comtes de Perrault, illustrés par Gustave Doré. in-12.

177 — Denx Albums de Dessins, de Gravures et d'Autographes.

178 — Deux Jardinières en cuivre gravé. Travail persan.

179 — Fort lot de Brochures et Volumes.

180 — Deux Plateaux persans en cuivre gravé.

181 — Fontaine et Chaufferette en cuivre repoussé.

182 — Braséro en cuivre.

183 — Trois paires de Chenets.

184 — Babouches turques en bois.

185 — Fontaine à trois robinets en cuivre, Louis XV.

186 — Quatre Hallebardes.

187 — Lot de Sabres, Fusils et Pistolet (Sera divisé).

188 — Trois Violons.

189 — Petite Cheminée.

190 — Coffre-Fort.

191 — Basson.

192 — Baromètre Louis XVI en bois sculpté.

193 — Poêle d'atelier.

194 — Lustre en bronze et cristaux.

195 — Paire de Pelles et Pincettes en fer forgé,

196 — Deux Appliques en faïence de Delft, montures en étain.

197 — Deux Plats en étain gravé et une Écuelle.

198 — Deux Suspensions en cuivre, et une Jardinière.

199 — Soupière en étain.

200 — Six Pièces en plaqué.

201 — Six Chaises Louis XIII, recouvertes en cuir.

202 — Secrétaire, époque Empire.

203 — Deux Fauteuils recouverts en reps.

204 — Coffre à bois.

205 — Deux Jardinières en porcelaine d'Imari.

206 — Deux Vases en émail cloisonné.

207 — Trois Groupes en porcelaine de Saxe.

208 — Deux Brûle-Parfums en bronze.

209 — Deux Flambeaux en bronze.

210 — Six Tableaux.

211 — Un Huilier en faïence.

212 — Deux petites Jardinières en émail cloisonné.

213 — Deux Cache-Pots en porcelaine de Saxe.

214 — **Rouen ancien**. Plat.

215 — **Japon ancien**. Plat bleu et or.

216 — **Chine**. Six Assiettes.

217 — **Japon**. Plat en porcelaine et un en Satzuma.

218 — **Chine**. Six Assiettes, décors divers.

219 — **Rouen ancien**. Assiette.

220 — **Japon**. Deux Tasses.

221 — **Delft**. Assiette polychrome.

222 — **Delft**. Six autres Assiettes.

223 — **Delft**. Pichet polychrome.

224 — **Rouen**. Pichet polychrome.

225 — **Chine** Deux Vases.

226 — Coupe orientale en bronze.

227 — Porte-Montre Louis XVI, en bois sculpté.

228 — Deux Cadres sculptés, époque Louis XIV.

229 — Panneau Renaissance.

230 — Console Renaissance.

231 — Fauteuil en noyer ciré, style Henri II.

232 — Quatre Chaises Louis XIII, recouvertes en tapisserie et en drap rouge.

233 — Boîte en laque de Chine.

234 — Tableau, genre de Diaz.

235 — Christ en ivoire, encadré.

236 — Coussin en soie brochée, fond jaune.

237 — Coupon de Velours en vieux Venise.

238 — Lot de Bois sculptés.

239 — Lot de Morceaux d'étoffe.

240 — Ivoire sculpté ancien. Travail chinois.

241 — Ivoire sculpté. Six Sujets divers. Travail chinois.

242 — Petit Meuble-Vitrine, style Henri II, en noyer ciré.

243 — Vase en bronze, vieux Chine.

244 — Quatre Gardes de Sabres en fer incrusté d'argent et d'or.

245 — Vue d'Orient, attribué à Diaz.

246 — Jeune Fille en prière.

247 — Vue d'un Marché en Normandie.

248 — Nature morte : Raisins et Prunes.

249-254 — Paysages avec animaux (Michault).

255 — Paysage : Forêt de Fontainebleau (Michault).

256 — Grand Paysage : Vue du Liban.

257 — Paysage en Normandie.

258 — Nature morte.

259 — Vue des bords de l'Oise.

260 — Portrait de jeune fille (Empire).

261 — Portrait de jeune femme (Empire).

262 — Gravure peinte ancienne.

263 — Guéridon Empire orné de bronzes et cariatides.

264 — Tricoteuse, époque du Ier Empire, ornée de bronzes.

255 — Table Louis XVI, à trois tiroirs.

256 — Petite Pendule Empire.

267 — Jardinière en bronze Empire.

268 — Divers Bronzes, Empire.

259 — Table Louis XIII.

270 — Portière en tapisserie verdure d'Aubusson, avec oiseaux.

271 — Autre Portière.

272 — Petit Tapis de Smyrne.

273 — Deux Corsages en étoffe brochée.

274 — Petit Tapis de table en étoffe de Venise.

275 — Environ 52 mètres de Brocatelle rouge.

276 — Couvre-Lit en étoffe brochée fond rouge, Louis XV.

277 — Huit Costumes napolitains divers.

288 — Portière verdure, sans bordures.

279 — Deux petits Panneaux en tapisserie.

280 — Glace d'entre-deux, cadre doré.

281 — Fort lot de vieux Galons.

282 — Lot de Manipules et Étoles.

283 — Deux Suspensions d'église en cuivre argenté.

284 — Petit Cabinet chinois en bois laqué.

285 — Chien en faïence décorée.

286 — Compotier hispano-mauresque.

287 — Quatre Assiettes en faïence de Marseille.

288 — Douze Assiettes en faïences diverses.

289 — Deux Assiettes en Rouen.

290 — Quatre Assiettes en Marseille.

291 — Trois petits Plats en Moustiers.

292 — Plateau en faïence.

293 — Commode Louis XIII en marqueterie de bois, ornée de bronzes.

294 — Commode-Toilette Louis XVI en acajou, ornée de cuivre.

295 — Coffre style Louis XIII, recouvert en étoffe.

296 — Coupe en bois de l'époque Empire.

297 — Crédence, style Renaissance.

298 — Pendule en bois et bronze, de l'époque Empire.

299 — Deux Flambeaux en bronze, Empire.

300 — Galerie en bronze, style Louis XVI.

3o1 -- Deux Salières argentées, style Louis XV.

3o2 — Deux Flambeaux en cuivre, style Louis XV.

3o3 — Deux autres Flambeaux.

3o4 — Paire de Boucles d'oreilles et une Broche, monture en argent.

3o5 — Deux Boucles d'oreilles en strass, monture en argent.

3o6 — Autre paire de Boucles d'oreilles en strass.

3o7 — Quarante Pièces de Monnaies grecques et romaines, en argent.

3o8 — Paire de Boucles Louis XV, en argent.

3o9 — Quatre Boutons en nacre et en strass.

31o — Bonbonnière en ancien émail de Saxe (Sujet champêtre).

311 — Deux Chaises en bois sculpté, recouvertes en velours vert.

31: — Prie-Dieu en tapisserie.

313 — Jardinière en cuivre persan gravé.

314 — Portières verdures avec bordure.

315 — Tapisserie verdure, bordure haut et bas.

316 — Grande Tapisserie verdure, animée de personnages et d'animaux.

317 — Tapisserie au petit point, représentant un Paysage animé.

318 — Deux Plats en Delft.

319 — Deux Soupières en faïence de Strasbourg.

320 — Lot de Faiences diverses.

321 — Paire de grands Cornets en faïence italienne.

322 — Six paires de Cornets, plus petits.

323 — Trois Assiettes. en faïence décorée.

324 — Deux Coupes en faïence.

325 — Deux Cornets en faïence espagnole. décors bleus.

326 — Deux Cornets en faïence italienne, décors polychromes.

327 — Pichet avec couvercle en étain, et Plateau en faïence de Delft fond brun, décor bleu.

323 — Deux petits Bustes en porcelaine de Saxe, sur socles.

329 — Cruche en porcelaine barbeau, à bouquets de fleurs et filets or.

330 — Deux Assiettes analogues.

331 — Deux Plats carrés, analogues.

332 — Saucière et Plateau, analogues.

333 — Cuvette ovale, analogue.

334 — Plat long en faïence de Rouen, décor bleu.

335 — Autre Plat en Rouen.

336 — Paire d'Appliques, à 2 lumières, ornées de plaques en faïence décorée, genre Sèvres.

337 — Paire de Cache-Pots en Chine fond brun craquelé, monture en bronze.

338 — Paire de Tubes, fond vert, montures en bronze.

339 — Assiettes en Moustiers.

340 — Cache-Pot en porcelaine décorée.

341 — Boîte à épices en faïence.

342 — Un Cache-Pot, genre Marseille.

343 — Soupière ovale en Moustiers.

344 — Une Gourde en faïence ancienne.

345 — Une Écuelle en Strasbourg.

346 — Encrier en faïence.

347 — Grand Dessin au crayon, représentant la Cène.

348 — Autre Dessin, représentant les Noces de Cana.

349 — Autre Dessin, représentant une Scène de la Vie de la Vierge.

350 — Grand Tableau : Scène champêtre. Cadre doré.

351 — Tableau (Fleurs), de Leriche.

352 — Tableau (École flamande).

353 — Baromètre ovale Louis XVI.

354 — Meuble ancien à deux corps, en bois sculpté.

355 — Buffet normand.

356 — Fauteuil style Louis XIII.

357 — Horloge suisse ancienne.

358 — Environ vingt Pièces de Wedgwood :
Cache-Pots, Théières, Tasses (Sera divisé).

359 — **Cortès.** Pâturage.

360 — Sous ce numéro, les Objets omis.

Vᵗᵒ Renou et Maulde, imprimeurs de la Cie des Commissaires-Priseurs,
rue de Rivoli, 144.   000—74060